큐피드의 초콜릿

사과씨 문고 004

큐피드의 초콜릿

초판 1쇄 인쇄 2025년 2월 4일
초판 1쇄 발행 2025년 2월 11일

글 김시아 **그림** 해솔
펴낸이 이범상
펴낸곳 (주)비전비엔피 · 그린애플

책임 편집 박성아
디자인 김혜림
마케팅 이성호 이병준 문세희 이유빈
전자책 김희정
관리 이다정
인쇄 새한문화사

주소 우) 04034 서울특별시 마포구 잔다리로7길 12 (서교동)
전화 02) 338-2411 | **팩스** 02) 338-2413
홈페이지 www.visionbp.co.kr
인스타그램 https://www.instagram.com/greenapple_vision
포스트 post.naver.com/visioncorea
이메일 visioncorea@naver.com
원고투고 gapple@visionbp.co.kr

등록번호 제2021-000029호

ISBN 979-11-92527-79-6 (74800)
       979-11-92527-47-5 (세트)

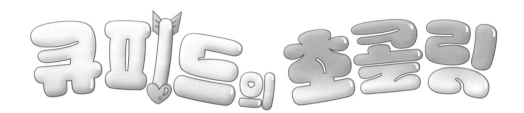

김시아 글 l 해솔 그림

그린애플

차례

큐피드 화살촉은
누구에게 갔을까?

민후

남자아이들하고 놀 때는 장난꾸러기야. 하지만 좋아하는 여자아이 앞에서는 한마디도 못 해.

이나

민후와 같은 반 친구. 그림을 잘 그리며 수줍음이 많아. 유림이랑 단짝이야.

승현

먹는 걸 제일 좋아해. 그 다음으로 민후 골리는 게 재밌대.

유림

씩씩하고 오지랖이 넓어서 반 아이들 일에 사사건건 참견하는 걸 좋아해.

큐피드

그리스로마 신화에 나오는 그 큐피드가 맞아.
화살촉을 찾아 준 사람에게 특별한 초콜릿을
건네지.

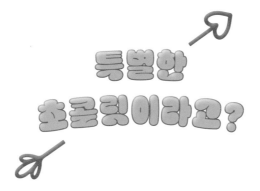

특별한
초콜릿이라고?

4교시 미술 시간이었어.

"가장 재미있었던 일을 그려 보세요. 부모님과 함
께 놀러 갔었던 걸 그려도 좋고, 친구들과 즐거웠던
일을 그려도 좋아요!"

선생님이 하신 말을 듣고 아파트에 있는 독수리
놀이터가 떠올랐어. 뭐니 뭐니 해도 친구들과 놀이
터에서 노는 게 가장 재미있거든!

나는 곧바로 놀이터를 그리기 시작했어.

"후유……."

놀이터에 있는 독수리가 손톱만큼 작게 그려졌어. 그렸다 지우기를 몇 번이나 반복했지. 그때, 승현이가 뒤돌아봤어.

"이민후, 도대체 뭘 그린 거냐?"

"독수리 놀이터."

약 올리는 것 같아 기분이 나빴어.

"코딱지만큼 작게 그려 놓고 독수리라고 하기엔 좀 그렇지 않냐. 참새면 또 모를까, 흐흐!"

"독수리 맞다니까!"

내가 씩씩거리는데도 승현이는 킥킥거렸어. 창피한 마음에 얼굴까지 화끈거렸지.

"넌 얼마나 잘 그렸는지 봐 봐!"

승현이는 나 보란 듯이 스케치북을 내 책상에 올려놓았어. 그럼 그렇지. 자기가 좋아하는 음식만 그려 놓을 줄 알았다니까! 치킨, 피자, 떡볶이, 과자, 도넛, 음료수 등등.

"너도 작게 그렸네."

내가 어깃장을 놓자, 승현이가 대수롭지 않은 일이라는 듯 대꾸했어.

"야, 작은 걸 작게 그리는 거랑 큰 걸 조그맣게 그리는 건 다른 거지!"

"뭐라고?"

나도 모르게 손이 부들부들 떨렸어. 그때, 난 분명히 들었어. 짝꿍 이나의 아주 작은 목소리를 말이야.

"작게 그리는 거 부럽던데."

순간, 내가 잘못 들었나 싶었지.

"작게 그리는 게 부럽다고?"

이나가 고개를 끄덕였어.

"진짜?"

"크게 그리는 것보다 작게 그리는 게 더 어려워. 난 곤충이나 캐릭터 그릴 때 작게 그리고 싶어도 잘 안 되던데."

3학년이 되도록 아이들한테 놀림만 받았지 내 그림을 보고 부럽다고 하는 애는 이나가 처음이었어. 이나까지 날 놀리는 걸까? 태어나서 처음 듣는 말이라 의심이 들 수밖에 없었지. 하지만 이나의 눈빛에서 진심이 팍팍 느껴졌어.

정말 날 칭찬한 거라고? 도저히 믿기지 않았어. 그런데 갑자기 심장이 고장 난 것처럼 두근거렸어. 그뿐만이 아니었어. 얼굴을 만져보니 손난로처럼 뜨겁더라고.

'설마……. 이나가 칭찬했다고 이런 거야?'

나는 학교 수업이 끝나기만을 기다렸어. 그러고는 쏜살같이 학교를 빠져나왔지.

"아휴~!"

나는 자주 가는 아이스크림 가게로 들어갔어. 마음을 빨리 진정시키고 싶었거든. 봄인데도 아직 추워서 그런지 가게 안에는 아무도 없었어. 아이스크림을 꺼내 껍질을 벗기려던 찰나였어.

'번쩍!'

불빛 때문에 저절로 눈살이 찌푸려졌지. 눈을 떠 보니 집게손가락 크기의 금색 화살촉이 아이스크림 위에 붙어 있었어.

"별 게 다 붙어 있네."

화살촉을 떼 내려고 하자 아이스크림에 꽁꽁 얼어붙어서 떼기가 힘들었어.

"왜 안 떨어지는 거야!"

순간 화살촉을 꼭 떼 내고 싶은 마음이 드는 거야. 그래서 안간힘을 썼지. 그때, 아빠가 병뚜껑이나 냉동실에 있던 음식을 모서리에 대고 탁탁 쳤던 게 기억났어. 나도 냉장고 모서리에 아이스크림을 툭 하고 쳤지.

"떨어졌다!"

바닥에 떨어진 화살촉을 주워 얼른 주머니에 넣었어. 그러고는 껍질을 벗겨 아이스크림을 한 입 베어 물었지.

"아휴! 이제야 살겠다."

나는 가슴을 쓸어내리며 아이스크림을 쪽쪽 빨아 먹었어.

그때였어! 가게 문이 열리면서 거센 바람이 불어 왔어. 눈을 뜰 수가 없을 정도였지. 바람이 잔잔해진 뒤에 눈을 간신히 뜰 수 있었어.

"찾았다!"

어떤 남자아이가 내 앞에 떡 하니 나타났어.

"나를 찾았다고?"

모르는 애가 나를 찾았다니! 어이가 없었어. 난 남자아이를 머리에서부터 발끝까지 훑어봤어. 키는 나랑 비슷한데, 얼굴이 입안에 사탕을 물고 있는 듯 통통했어. 옷은 분홍색 티셔츠에 하얀 바지를 입었더라고. 게다가 유치하게 티셔츠에는 분홍색 하트가 그려져 있었어.

"널 찾은 게 아니라 화살촉을 찾았다고!"

아이스크림에 붙어 있던 화살촉을 말하는 건가?

"그거 내가 먹은 아이스크림에 붙어 있었는데……. 그걸 왜 찾아? 내 건데!"

주머니에서 화살촉을 꺼내려는데, 깜짝 놀라 뒤로 자빠질 뻔했어. 갑자기 내 몸에 폭죽 터지듯 불이 파바빡! 하고 켜졌지.

"이, 이게 어떻게 된 거지?"

나는 어리둥절했어.

"화살촉을 갖고 있으면 몸에 불이 켜져. 화살촉을 찾으면 나한테 신호가 오거든. 원래 내가 찾아야 했는데 덕분에 빨리 찾았네!"

남자아이는 알아들을 수 없는 말을 했어. 그러고는 자신을 사랑의 신 '큐피드'라고 소개했지.

"큐, 뭐? 그런 이름은 처음 듣는데."

'별 희한한 이름도 다 있네!'라고 생각하면서 큐피드를 바라봤어. 뭐가 좋은지 방긋방긋 웃고 있더라고.

"친구들이 아이스크림 가게에 숨겨 놓았을 줄은 꿈에도 생각 못했네."

큐피드의 말에 내가 물었어.

"화살촉을 왜 아이스크림에 숨기는데?"

"화살촉 숨기기 대회니까 숨겼지. 대회 때는 서로

의 화살촉을 찾기 힘든 곳에 숨기거든! 내 화살촉을 숨긴 애는 지금쯤 아쉬워하고 있을 거야. 빨리 찾으면 또 숨겨야 하거든. 히히!"

큐피드는 대부분 떡볶이 가게나 문구점, 편의점 같은 곳에 숨긴다는 말도 덧붙였어. 그러더니 마치 선심을 쓰는 듯이 말했어.

"좋아! 화살촉
을 주면 내가 특별
한 초콜릿을 줄게!"

"특별한 초콜릿?"

내가 눈을 동그랗게 뜨자 큐피
드가 한마디 덧붙였어.

"네 몸에 켜진 불은 내 눈에만 보여."

"내 눈에도 보이는데!"

나는 두 팔을 나뭇가지처럼 활짝 벌렸어. 그러자
큐피드가 대뜸 초콜릿 상자를 내밀었어.

"화살촉을 찾기만 했는데도 이 정돈데, 어때? 궁
금하지 않아?"

"초콜릿이 그냥 초콜릿이지, 뭐."

나는 입을 삐쭉대며 상자를 받았어. 그러고는 조
심스럽게 뚜껑을 열었지. 상자 안에는 하트 모양의

초콜릿이 들어 있었어. 초콜릿 가운데 꽂혀 있는 화살촉이 눈에 띄었어.

"좋아하는 여자친구에게 줘. 이 초콜릿을 먹게 되면 널 많이 좋아하게 될 거야."

"정, 정말?"

큐피드의 말에 귀가 솔깃했어.

"내가 특별한 초콜릿이라고 했잖아."

큐피드가 뻐기듯 말했어.

'진짜로? 초콜릿을 먹으면 날 좋아한다고?'

나는 큐피드가 장난치는 것 같아 기분이 찜찜했어.

"거짓말! 세상에 그런 초콜릿이 어디 있냐?"

"여기 있지! 그건 그렇고 이제 화살촉을 줘야지."

나는 주머니에서 화살촉을 꺼내 큐피드한테 건넸어. 그러자 몸에서 불빛이 순식간에 꺼졌어.

"우아!"

나도 모르게 입이 떡 벌어졌어. 도저히 믿기지 않아 온몸에 소름이 돋았지.

"아, 맞다! 상자 안에 있는 주의사항을 꼭 읽어 봐. 그건 네 눈에만 보이니까 걱정하지 말고."

나는 큐피드가 하는 말이 잘 들리지 않았어. 세상에, 이게 무슨 일인가 싶었지!

진짜였어!

다음 날 아침, 나는 학교에 일찍 도착했어.

"왜 안 오지?"

나는 교실 문이 열릴 때마다 뒤를 돌아봤어. 오늘 따라 이나가 늦게 오더라고. 이나는 9시가 거의 다 돼서야 유림이와 함께 교실로 들어왔어. 이나와 유림이는 단짝 친구라 항상 붙어 다녔거든.

자리에 앉은 이나를 힐긋 쳐다봤어.

'두근두근!'

살짝 얼굴을 보기만 했는데도 가슴이 제멋대로 두근거렸어. 나는 얼른 가방에서 초콜릿 상자를 꺼냈어. 그러고는 눈을 질끈 감고 이나한테 내밀었지.

"초콜릿인데 너 먹어."

콜릿 상자를 본 이나의 눈이 휘둥그레졌어.

"나 주는 거야?"

"응."

심장이 쿵쿵 뛰는데 난데없이 유림이가 끼어들

었어.

"어머머! 너 이나 좋아하지?"

유림이가 호들갑을 떨었어. 어찌나 크게 말했는지 반 애들이 전부 들을 정도였지. 순식간에 교실이 떠들썩했어.

"이민후, 송이나! 사귀어라! 사귀어라!

"우아, 부럽다. 벌써 여친이 생기다니!"

난 쥐구멍이 있다면 숨고 싶은 심정이었어. 곁눈으로 보니 이나의 얼굴은 토마토 주스를 뒤집어쓴 것처럼 벌게져 있었어.

"나, 민후랑 안 사귀어!"

이나가 갑자기 큰소리를 쳤어. 이나의 말에 찬 바람이 내 가슴을 훑고 지나갔어.

1교시가 끝나고 쉬는 시간이었어. 온몸에 힘이 쪽 빠져 책상에 엎드려 있었지.

"민후야, 어디 아파?"

이나의 목소리에 눈이 번쩍 떠졌어. 이나를 보자 분명히 아까와는 달라져 있었어. 날 바라보는데 눈에서 하트가 뿅뿅 나오더라니까! 난 이게 꿈이 아닌가 싶었지.

"혹시 내가 준 초콜릿 먹었어?"

"응. 초콜릿이 화살촉 모양이라 귀엽더라!"

환하게 웃고 있는 이나를 보고 있자니 심장이 멈출 것처럼 떨렸어. 뭐야! 큐피드가 준 초콜릿이 진짜였어?

'헉!'

나는 입이 다물어지지 않았어. 믿기지 않아 볼도 꼬집어 봤지.

"아얏!"

진짜였어. 틀림없는 진짜!

점심시간이었어. 이나가 내 옆자리로 왔어. 원래
는 출석 번호 순서대로 앉아서 먹는데 내 옆자리로
오다니!

"민후야, 너 닭 다리 좋아하지?"

"어? 어, 좋아해."

"그럼, 내 것도 먹어."

이나가 내 식판에 튀긴 닭 다리를 올려놓았어.

"괜찮아. 너 먹어. 나도 있어."

"아니야. 나 닭 튀긴 거 별로 안 좋아해."

이나가 몸을 배배 꼬았어. 그걸 본 유림이가 툭 끼어들었어.

"이나, 너 닭 다리 엄청 좋아하잖아."

이나는 유림이에게 눈을 흘기더니 한마디 했어.

"지금은 안 좋아해."

나한테 닭 다리를 주려고 먹고 싶은 걸 참았다고? 이나가 진짜 날 많이 좋아한다는 생각을 하니 마음이 간지러웠어. 마치 솜사탕 몇 개를 먹은 것처럼 달콤하고 가슴이 몽글몽글했어.

"네가 주는 거니까 맛있게 먹을게."

내가 닭 다리를 한 입 크게 뜯어 먹자 이나가 나를 바라보며 미소를 지었어. 이나가 보고 있어서 그런지 닭이 더 맛있었지. 그뿐만이 아니었어. 반 아이들은 우리 이야기를 하느라 바빴어.

"민후랑 사귀는 거 맞네."

"이나가 민후를 많이 좋아하나 봐. 닭 다리까지 챙겨 주는 거 보면."

유독 승현이의 목소리가 크게 들렸어. 워낙 먹는

걸 좋아하는 녀석이라 음식을 건네는 일에 의미를 부여하는 것 같았어. 나도 이번만큼은 승현이와 같은 생각이었지. 먹고 싶은 걸 참으면서까지 좋아하는 사람한테 준다는 건 꽹장한 일이거든.

5교시가 끝나고, 쉬는 시간이었어.

"우리 사귀는 거 맞지?"

이나가 내게 물었어.

"당연하지! 오늘부터 1일이다!"

내가 손가락을 들어 보이자 이나가 기분 좋게 웃었어. 그걸 본 유림이는 뜨악한 표정을 지었지. 반에서 있는 듯 없는 듯 조용하던 이나가 이러니 놀랄 수밖에!

"너 내가 아는 이나 맞아?"

"맞아. 민후하고 나 응원해 줄 거지?"

이나의 얼굴에 하얀 꽃이 활짝 피어 움직이는 것

같았지.

수업이 끝나고, 이나가 나랑 헤어지기 싫은지 아쉬워했어.

"너랑 더 놀고 싶은데, 학원에 가야 해. 흑흑!"

"그럼 내일 학교 끝나고 떡볶이 먹으러 갈래?"

"좋아. 꼭 가는 거다!"

이나가 새끼손가락을 내밀었어. 서로 약속하자는 신호였지. 나는 너무 떨려 손바닥에서 땀이 났어. 손바닥을 바지에 쓱 문지르고 새끼손가락을 내밀었어. 이나와 나는 새끼손가락을 걸었어.

"아, 진짜 헤어지기 싫다!"

정문까지 이나와 같이 걷는 동안 그 말을 몇 번이나 했어. 나는 구름 위를 걷는 기분이었지.

"나도 헤어지기 싫어."

내 말에 이나가 맞받아쳤어.

"그치, 그치?"

갑자기 이나가 내 얼굴로 가까이 다가왔어. 가슴이 쿵, 쿵, 쿵, 쿵! 심하게 뛰었어.

"민후야, 내일 봐!"

다행히 이나가 먼저 인사를 했어.

어, 그래. 내일 만나!"

나도 이나를 향해 손을 흔들었지. 이나가 가고 난 다음에야 '후유' 하고 한숨을 내쉬었어. 안 그러면 가슴이 '빵' 터질 것 같았거든!

나는 학교 운동장으로 도로 들어갔어. 그러고는 운동장 귀퉁이에 있는 놀이터로 향했지. 아무도 없는 걸 확인한 뒤에야 소리를 질렀어.

"꺅!"

난 트램펄린에서 뛰듯 펄쩍펄쩍 뛰었어. 큐피드가 준 초콜릿은 진짜였어, 진짜!

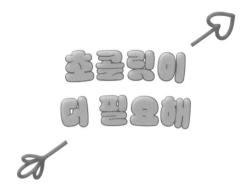

초콜릿이 더 필요해

다음 날 아침, 학교에 가는 길이 놀이동산에 가는 것처럼 신났어.

교실에 들어가니 이나가 먼저 와 있었어.

"일찍 왔네!"

내 말에 이나가 생긋 웃었어.

"왜 이렇게 늦게 와. 얼마나 기다렸다고."

이나가 기다리는 줄 알았다면 더 빨리 올걸!

"문자를 보내지 그랬어."

"깜짝 놀라게 해 주려고 그랬지."

이나의 애교 섞인 말에 나도 모르게 웃음이 나왔어. 헤헤헤! 아무리 웃지 않으려고 해도 웃음이 삐져나왔어.

언제 왔는지 승현이가 내 어깨에 손을 올리며 말했어.

"이민후! 여자친구 생기니까 좋냐?

"좋아 죽을 것 같다. 왜 부럽냐?"

"먹을 거 주는 여자친군데 부럽지. 그건 그렇고, 오늘 학교 끝나고 축구 하는 거 알지?"

'아, 깜빡했다!'

"뭐야, 새까맣게 잊은 거야?"

승현이의 눈썹이 춤추듯 일그러졌어.

"와, 여자친구 생기더니 완전 변했네!"

"그게 아니라……."

내가 얼버무리자 이나가 내 편을 들었어.

"민후, 나랑 먼저 약속했어. 오늘 학교 끝나고 떡볶이 먹으러 가기로 했거든. 그치? 민후야!"

사실 약속은 승현이랑 먼저 한 거였는데, 얼떨결에 대답하고 말았어.

"으응, 맞아!"

내 말에 승현이가 고개를 절레절레 흔들었어.

"와, 사랑의 힘은 역시 대단해!"

승현이의 말은 귓등으로도 들리지 않았어. 오로지 내 눈에는 이나 밖에 보이지 않았으니까.

4교시 체육 시간이었어.

"오늘은 팀을 짜서 피구 경기를 할 거예요."

피구 경기를 할 때 난 이나와 한 팀이 되고 싶었어. 가위바위보로 팀을 결정하는 거라 사전에 이나

와 작전을 짰어. 될 수 있으면 가위바위보에서 지는

걸로 하자고 말이야. 난 조마조마한 마음으로 손을

내밀었어.

"야호!"

이나와 난 같은 팀이 됐어. 우리는 기분이 좋아

제자리에서 팔짝팔짝 뛰었지. 이나가 공에 맞을까

봐 노심초사하며 왔다 갔다 했어. 그런데 이나의

표정이 심상치 않았어. 어디 아픈가? 그런 생각을

하고 있는데, 이나가 손을 들었어.

"선생님, 저 화장실에 다녀와도 될까요?"

"그래, 다녀오렴."

이나는 화장실로 냅다 뛰어가더니, 한참 뒤에야

돌아왔어.

"이나야, 괜찮아?"

걱정스러운 마음에 물었더니 이나가 난감한 표정

을 지었어.

"괜찮냐니? 뭐가?"

순간, 난 당황스러웠어. 따뜻하게 날 바라보던 이나의 눈빛은 온데간데없이 사라지고 없었어.

"아앗!"

멀뚱히 서 있다가 등에 공을 맞았어. 그런데 웬일인지 하나도 아프지 않았어. 마음이 더 아팠으니까.

체육 시간이 끝나고 교실로 들어가면서 승현이한테 물었어.

"이나랑 나랑 잘 어울리지 않냐?"

"둘이 사귀는 사이였어?"

승현이는 처음 듣는다는 듯 눈을 커다랗게 떴어.

"어?"

이나랑 나랑 사귀는 건 우리 반 아이들이 모를 수가 없는데! 이게 어떻게 된 거지?

교실에 들어가자 승현이가 큰 소리로 떠들었어.

"야, 민후가 이나랑 사귀고 싶대! 으하하하!"

순식간에 교실이 들썩거렸어.

"사귀어라! 사귀어라!"

책상을 마구 두드리는 아이, 꺅! 하고 소리는 지르는 아이도 있었어. 심지어 유림이는 나한테 오더니 귓속말까지 했어.

"너 진짜 이나 좋아해?"

난 머릿속이 하얘졌어. 이나의 단짝 유림이까지 모르다니! 안 되겠다 싶어 이나한테 물었지.

"이나야, 나랑 사귀는 거 아니었어?"

"내가?"

눈을 부릅뜬 이나의 얼굴을 보니 저절로 입이 다물어졌어.

수업 시간 내내 난 곰곰이 생각해 봤어.

'도대체 뭐가 잘못된 거지?'

수업이 끝나고 가방을 메려는 찰나! 큐피드가 했던 말이 떠올랐어. 맞다! 주의사항이 있었지. 나는 교실을 빠져나가려는 이나를 불러 세웠어.

"이나야, 내가 준 초콜릿 상자 갖고 있어?"

"그거 버렸는데."

이나의 말에 가슴이 철렁했어.

"어디에?"

"쓰레기통에."

이나가 교실 뒤에 있는 쓰레기통을 가리켰어. 나는 냅다 쓰레기통을 뒤지기 시작했어. 쓰레기 냄새가 코를 찔렀지만 개의치 않았어. 주의사항을 미리 읽었어야 했는데 후회만 들 뿐이었지.

쓰레기통을 한참 뒤지는데, 빨간 게 살짝 보였어. 그 주변을 헤집었더니 상자가 드러났어. 나는 떨리

는 마음으로 상자를 열었어. 상자 안에는 작은 종
이가 들어 있었어. 종이를 펼치자 글씨가 스르르 나
타났어!

"이럴 수가!"

나는 너무 놀라 입이 떡 벌어졌어.

이나가 똥을 누어서 달라진 거였구나…… 그 생

각을 하니 코끼리코를 열 바퀴 돈 것처럼 머리가 어지러웠어.

"초콜릿이 더 필요해!"

이제 겨우 이나와 친해졌는데, 이대로 끝낼 수는 없었어.

난 학교 앞 아이스크림 가게로 쏜살같이 달려갔어. 다행히 아무도 없더라고. 난 눈에 불을 켜고 화살촉을 찾았어.

"아아, 손 시려! 왜 없는 거야!"

냉장고 위쪽에 있는 과자 봉지도 들춰 보고, 젤리나 캐러멜 봉지에 붙어 있는지도 살펴봤어. 하지만 헛수고였지.

'혹시 다른 데 있는 건 아니겠지?'

그때, 문득 큐피드가 했던 말이 떠올랐어.

"맞아! 문구점, 편의점, 떡볶이 가게에도 화살촉

을 숨긴다고 했지!"

나는 서둘러 문구점에 들어갔어. 문구점은 평소
와 달리 아주 조용했어.

"아무도 안 계세요?"

잠깐 주인아주머니는 자리를 비우신 모양이었어.

아주머니가 오시기 전에 화살촉을 찾아야겠다고
생각했어. 그런데 아무리 찾아도 화살촉과 비슷하
게 생긴 물건은 보이지 않았지. 할 수 없이 난 편의
점으로 후다닥 뛰어갔어.

　"달랑!"

편의점 문을 열자 문 위에 걸린 종소리가 울렸어. 하지만 아저씨는 핸드폰만 뚫어지게 쳐다봤어. 난 과자를 고르는 척하며 들었다 놨다 했어. 혹시 화살촉이 음료수병에 붙어 있을지 몰라 냉장고 문을 열고 닫기를 반복했지. 보다 못한 주인아저씨가 나에게 인상을 쓰며 말했어.

"안 살 거면 그냥 가라."

"사, 살 거예요. 찾는 게 있어서…….."

나도 모르게 목소리가 기어들어갔어.

"어서 오세요!"

아저씨는 편의점에 들어오는 손님들에게 인사를 했어. 아저씨는 계산하기에 바빴던지 내쪽을 볼 여유가 없어 보였지.

"아휴, 도대체 어디에 있는 거야!"

아무리 눈을 씻고 찾아도 화살촉은 보이지 않았

어. 결국, 힘없이 편의점을 나섰지. 자포자기한 심정으로 터덜터덜 걷고 있는데 뒤에서 누가 날 불렀어.

"야, 이민후! 어디 가냐?"

뒤돌아보니 승현이 손에 축구공이 들려 있었지.

"축구 하기로 해 놓고 왜 안 왔냐?"

"어? 급한 일이 있어서."

"야, 축구 하는 것보다 더 급한 일이 뭐가 있냐!"

사실 난 축구보다 화살촉 찾는 게 더 급했어. 그런데 승현이가 낚싯줄에 미끼를 던지듯 내게 말했지.

"배고픈데 떡볶이 먹으러 갈래?"

말이 떨어지기가 무섭게 뱃속에서 꼬르륵 소리가 요란하게 났어.

"야, 너 뱃속에서 밥 달라고 하는데. 헤헤!"

승현이는 나를 놀리는 재미로 사는 것 같았어.

'에라, 모르겠다!'

난 승현이를 따라 떡볶이 가게로 들어갔어. 자주 가는 떡볶이 가게라 아이들로 가득 차 있었어.

"아줌마, 떡볶이 2인분 주세요."

승현이가 아줌마한테 기분 좋게 말했어.

"그래, 알았다!"

승현이는 배가 고팠는지 떡볶이를 허겁지겁 먹었어. 난 먹는 둥 마는 둥 하며 주위를 두리번거렸지. 탁자를 요리조리 살펴보고, 아이들이 먹는 포크도 유심히 살펴봤지. 혹시 몰라 주인 아줌마가 있는 부엌에도 살짝 들어갔어.

"왜, 뭐 더 줄까?"

"아, 아니에요."

아줌마가 날 이상한 눈초리로 바라봤어. 하긴 부엌까지 들어오는 애는 나밖에 없으니까 그럴 만도 했어. 자리에 돌아와 물을 벌컥 들이켰어.

- 메뉴 -
떡볶이 5,000   김밥 3,500
라면 3,000   핫도그 2,000
어묵 2,000   튀김 3,000

"이·휴!"

그때였어. 동그란 수저통에서 살짝 빛이 새어 나왔어. 설마, 수저통에 화살촉이 있는 거 아니야? 두근거리는 마음으로 수저통을 들여다보았어.

"찾았다!"

나도 모르게 목소리가 커졌어.

"뭘, 찾았는데?"

입술에 떡볶이 국물을 잔뜩 묻힌 채 승현이가 물었어.

"어, 아, 아니야."

난 말을 얼버무리고 화살촉을 잽싸게 바지 주머니에 넣었어.

"미안한데 학원에 가야 해서 먼저 일어날게."

"뭐야, 의리 없게……!"

승현이가 뒤에서 뭐라고 계속 떠드는데도, 귀에

하나도 들리지 않았어. 화살촉을 갖고 있으면 몸에
불이 켜질까 봐 마음이 조마조마했거든.

난 '걸음아 나 살려라'하고 무작정 달렸어.

지금 이대로

집에서 조금 떨어진 공원 놀이터에 다다랐을 때 난 주위를 두리번거렸지.

그때였어. 누군가 내 어깨를 톡 건드렸어. 순간, 머리카락이 쭈뼛쭈뼛 섰어. 승현이가 여기까지 따라왔나 싶어서 망했다! 그런 생각으로 뒤돌았는데, 승현이가 아니었어.

"왜 그렇게 놀라?"

큐피드의 눈이 동그래졌어.

"아, 아니."

"화살촉을 또 찾은 거야?"

큐피드의 말에 난 거드름을 피웠지.

"별 거 아니야. 금방 찾았어."

"그래? 원래 두 번째 찾기가 제일 힘든데!"

큐피드는 나를 빤히 쳐다보며 진정한 사랑을 할 수 있을 거라고 했어. 그 말을 듣자 난 쑥스러워서 고개를 숙이고 말았지.

"나도 그러고 싶어."

큐피드는 내게 초콜릿 상자를 내밀었어. 나도 큐피드한테 화살촉을 넘겨주었지. 그러자 온몸에 켜졌던 불이 '후' 하고 불면 꺼지는 촛불처럼 사라졌어.

나는 초콜릿 상자를 열어 뚜껑 안쪽을 바라봤어.

"주의사항을 봤어야 했는데……."

미리 보지 못했던 게 후회가 됐어. 알았다면 이나

가 똥을 싸기 전에 마음의 준비를 해 두었을 텐데. 아쉬운 마음이 컸어.

큐피드와 헤어지고 잠깐 고민했어.

"초콜릿을 언제 주지?"

이나한테 '너, 똥 아침에 싸? 아니면 밤에 싸?'라고 물어볼 수도 없고 말이야. 후유! 어떻게 해야 할지 모르겠더라고. 그렇다고 내일까지 참을 수도 없었어. 이나한테 당장 달려가서 초콜릿을 주고 싶은 마음이 컸거든. 곧바로 이나한테 문자를 보냈어.

💬 이나야, 나 민후. 너 지금 어디 있어?

십 분이 지나도 이나는 문자를 확인하지 않았어. 난 마음이 초조하고 불안했어. 그때였지. '딩동'하고 문자가 떴어.

💬 그건 왜?

이나의 문자에서 차가운 바람이 부는 게 느껴졌

어. 그래도 꿋꿋하게 다시 문자를 보냈어.

💬 너한테 줄 게 있어서.

💬 안 받아도 돼.

💬 잠깐이면 돼. 우리 아파트 단지 놀이터에서 만나자.

💬 알았어.

만나기 싫은데 마지못해 대답하는 게 느껴졌지만 어쩔 수 없었어. 조금이라도 빨리 이나한테 초콜릿을 주고 싶은 마음뿐이었으니까. 나는 여느 때보다 빨리 달렸어.

순식간에 아파트 놀이터에 도착했지. 그런데 이나가 먼저 와서 기다리고 있었어.

"늦어서 미…… 미안해."

"도대체 뭘 준다는 거야?"

이나의 새침한 얼굴을 보니 말이 잘 안 나왔어.

"그거 말이야. 너한테 초콜릿 주고 싶어서."

초콜릿 상자를 이나에게 슬며시 내밀었어. 이나
는 떨떠름한 표정으로 초콜릿을 받았어. 그러고는
아무 말 없이 쌩하니 가 버리더라고!

이나의 뒷모습을 바라보는데 마음이 울컥했어.
초콜릿이 있어야만 이나의 관심을 받을 수 있다는
생각에 슬프지 뭐야!

아파트 단지에는 개나리와 벚꽃들이 피기 시작했
어. 내 마음에도 꽃이 활짝 피면 좋으련만!

집에 도착하자, 엄마의 잔소리 폭탄이 쏟아졌어.

"어디 갔다 오는 거니? 학원은 왜 빠진 거야? 학
원에서 몇 번이나 전화 온 줄 알아?"

오늘 영어 학원 가는 날인데 새까맣게 잊어버리
다니! 제정신이 아닌 게 틀림없었어.

"죄송해요. 다음부터는 안 빠질게요."

"다음에 또 빠지면 진짜 혼날 줄 알아."

엄마의 목소리가 다소 누그러졌어. 이제 됐다 싶었지. 그래서 쏜살같이 화장실로 들어가 샤워를 했어. 하루 종일 뛰어다니느라 땀이 많이 났거든. 샤워를 하고 나오자 아빠가 집에 오셨어.

"아빠, 다녀오셨어요!"

내가 인사를 하자, 아빠가 장난을 쳤어.

"저녁 먹기 전에 씻는 걸 보니 뭘 잘못했구나. 하하!

"아니에요. 땀 나서 씻은 거예요."

엄마가 아빠한테 말한 게 분명했어. 그렇지 않고선 아빠가 저렇게 말하지 않았을 거야. 억울했지만 어쩌겠어. 내가 잘못한 게 맞으니까 할 말이 없었지.

"저녁 먹게 다들 나오세요!"

엄마의 말에 우리는 식탁에 앉았어.

내가 좋아하는 참치 김치찌개가 식탁 위에 보글보글 끓고 있었어. 나도 모르게 입안에 침이 고였지.

'딩동, 딩동!'

갑자기 초인종 소리가 들렸어.

"이 시간에 누구지?"

엄마가 인터폰을 확인하고 현관문으로 갔어.

"안녕하세요? 민후 여자친구 송이나라고 합니다. 민후 있나요?"

이건 분명히 이나의 목소리였어.

"민후야, 빨리 나와 보렴!"

엄마가 나를 불렀어. 화들짝 놀라 현관문으로 바로 달려갔지.

"민후야, 안녕?"

이나가 나를 향해 손을 흔들어 보였어. 내가 아는 송이나? 이나가 우리 집에 찾아온 거야?

"안…… 안녕?"

너무 깜짝 놀라 입이 떡 벌어졌어.

"서 있지 말고 들어오렴."

엄마의 말에 이나가 집으로 들어왔어. 그러고는 아빠한테도 인사했지. 아빠는 저녁을 같이 먹고 놀다 가라고 했어. 이나가 옆자리에 앉으며 내 귀에 대고 속삭였어.

"깜짝 놀랐지?"

눈웃음을 띠며 환하게 웃는 이나를 보니 가슴이 쿵쾅쿵쾅 뛰었어. 갑작스러운 이나의 등장에 아빠와 엄마도 어리둥절한 듯 보였어.

"반찬이 맛있어요!"

이나가 엄지손가락을 치켜들었어. 난 밥이 목구멍으로 넘어가지 않았어. 지금 밥을 먹는다는 건 똥 싸면서 수학 문제를 푸는 것보다 힘든 일이었거든.

'맞다, 내 방!'

그때 어지럽게 널브러져 있는 내 방이 떠올랐어. 화장실에 가는 척하며 난 내 방으로 갔어. 그러고는 방을 후다닥 치웠지.

'똑똑!'

문을 두드리는 소리가 들렸어. 곧이어 아빠의 목소리가 들렸지.

"민후야! 네 여자친구, 방 좀 구경시켜 주지?"

나는 방문을 열고 이나에게 들어오라고 했어. 이나는 쭈뼛쭈뼛 들어오더니 두리번거렸어. 벽에 걸린 그림을 보더니 입을 만두처럼 내밀었어. 그 모습을 보자 가슴이 터질 것 같았어.

나는 '후유' 하고 숨을 소리 내어 뱉었어.

"민후야, 어디 아파?"

이나가 눈을 동그랗게 뜨고 물었어. 부끄러운 마음에 이나의 얼굴을 쳐다볼 수가 없었어.

"그거 유치원 때 그린 거라 되게 못 그린 거야."

이나는 내 마음도 몰라주고 칭찬하기에 바빴어.

"난 그림을 작게 그리는 네가 부럽던데."

이나의 말에 가슴이 제멋대로 날뛰었어. 긴장한 모습을 들키지 않으려고 손으로 가슴을 지그시 눌렀어. 방에 있는 거울을 보니 얼굴이 홍당무처럼 벌게져 있었어. 등줄기에는 땀이 줄줄 흘러내렸지.

"이나야, 잠시만."

그렇게 말하고 후다닥 욕실로 달려갔어. 얼른 차가운 물로 얼굴을 씻었지.

'지금 꿈 아니지? 진짜 맞지?'

나는 주먹으로 머리를 아주 세게 때렸어.

"아야!"

아픈 걸 보니 진짜였어.

아, 지금 시간이 멈추면 얼마나 좋을까!

잠보다
더 좋은 건!

이나가 집에 가자마자 난 곧장 곯아떨어졌어. 긴
장이 풀려서 잠이 쏟아지더라고.

'딩동!'

문자 소리에 화들짝 놀라 눈이 떠졌어. 이나의 문
자였어.

💬 민후야, 자?

💬 아니.

난 눈을 비비면서 이나한테 답장을 보냈어. 이나

는 나랑 사귀는 게 꿈만 같아 잠이 오지 않는다고 했어. 나도 원래 한 번 자면 누가 업어가도 모를 정도인데, 이나의 문자 소리는 귀신같이 알아차렸지. 역시 사랑의 힘은 대단했어!

나는 입을 헤벌쭉 벌리고 이불을 뒤집어썼어. 그러자 마치 이나가 옆에 있는 것처럼 느껴졌지. 한참 동안 문자를 주고받는데, 이나가 뜬금없이 물었어.

💬 민후야, 넌 내가 어디가 마음에 들어?'

예상치 못한 질문에 난 당황스러웠어. 대답하기 어려운 질문이었거든. 맨 처음에는 내 그림을 칭찬해서 좋았는데, 지금은 아닌 것 같았어. 딱 꼬집어 말할 수는 없지만 그냥 좋았어. 이나가 웃을 때도 좋았고, 이나가 토라져 있을 때도 귀여웠어. 내가 대답이 없자 이나가 재촉했어.

💬 왜 대답이 없어? 혹시 내가 싫은 거야?'

이나의 애교 섞인 문자에 온몸이 간지러웠어. 나도 모르게 웃음이 새어 나왔지.

💬 아니, 마음에 들어. 전부 다.

문자를 보내고 난 후 발로 침대를 두들겼어. 낯간지러워서 가만히 있을 수가 없었어!

💬 진짜? 나도, 나도~♡

이나가 하트를 보냈어! 이모티콘에서 한 개의 하트가 여러 개로 보였어.

쏭쏭쏭쏭! 내 가슴 속에 하트가 꽉 들어찼어. 도저히 들어갈 곳이 없어 하트를 이나에게 보냈지.

💬 ♡♡♡

밤새도록 난 시간 가는 줄 몰랐어. 서로에 대해 얼마나 궁금한 게 많은지 시간이 부족할 지경이었어.

"민후야, 학교 안 가니?"

엄마의 목소리가 어렴풋이 들렸어.

"너, 지각해도 괜찮아?"

눈을 살짝 떠보니 벌써 아침이었어. 엄마가 이불을 제치고 엉덩이를 찰싹 때렸어.

"아앗! 왜 때려!"

자리에서 일어나려는데 손에 핸드폰이 쥐어져 있었어.

'헉! 나 잠든 거야. 미쳤나 봐!'

정신이 번쩍 들었어. 문자를 확인하니 이나의 문자가 열 개도 넘게 와 있었어.

💬 나만 혼자 두고 자는 거야?

💬 진짜 자?

💬 자는 거 맞니?

이나가 나를 애타게 찾는 문자였어. 나는 얼른 옷을 후다닥 갈아입고 학교로 한달음에 달려갔지.

'이나가 뭐라고 하면 어떻게 하지?'

나는 마음이 조마조마했어. 만약 화가 많이 나 있으면 이나를 달래 줘야겠다는 생각으로 교실로 들어갔어.

"어제 먼저 잠들어서 미안해."

자리에 앉으면서 이나의 귀에 대고 속삭였어.

"그게 무슨 소리야?"

이나가 눈을 동그랗게 떴어. 마치 얼토당토 않는 말을 들었을 때의 표정이랄까! 난 어리둥절했어. 억울한 마음에 핸드폰 문자를 보여주려고 했지.

"봐 봐. 어제 우리 밤새도록 문자 하다가……."

세상에, 어떻게 이런 일이! 이나가 보낸 문자는 거짓말처럼 사라지고 없었어. 눈을 비비고 다시 봐도 똑같았어. 나는 온몸에 힘이 쭉 빠져나가 아무 말도 하지 못했어.

'툭!'

손에 있던 핸드폰이 바닥에 떨어졌어. 고개를 숙여 핸드폰을 주우려고 하는데 갑자기 눈물이 핑 돌았어.

"야, 너 핸드폰 바꾸고 싶어서 일부러 떨어뜨렸지? 으헤헤!"

승현이가 장난을 걸었어. 목이 메어 대꾸조차 할 수 없었지.

"너 우냐?"

우는 날 보더니 승현이가 선생님한테 말했어.

"선생님, 민후가 어디 아픈 것 같아요!"

"그래?"

선생님이 내 자리로 다가왔어. 그러더니 이마에 손을 짚고는 걱정스러운 얼굴로 물었어.

"열은 안 나는 것 같은데. 어디 아프니?"

나는 손으로 가슴을 가리켰어. 그랬더니 선생님이 보건실에 가서 누워 있으라고 했어. 그때. 승현이가 손을 들었어.

"선생님, 제가 민후 보건실에 데려다줘도 돼요?"

"그래. 승현이가 같이 갔다 오렴."

얼핏보니 승현이는 자기 때문에 운다고 내가 운다고 생각하는 것 같았어.

"아니에요. 저 혼자 갈 수 있어요."

혼자 있고 싶었기 때문에 따라나서는 승현이를 뒤로 하고 보건실로 향했어.

막상 보건실 침대에 눕자니 마음이 찢어지는 것처럼 아팠어.

"흑흑!"

하염없이 눈물이 흘러내렸어. 이나가 우리 집에 찾아온 것도 좋았고, 밤새도록 문자를 주고받은 것

도 정말 좋았는데……. 그걸 나만 기억하다니!

'넌 왜 그것도 기억 못 하냐? 네가 어제 우리 집에
왔었잖아!'라고 이나한테 따지고 싶었어. 하지만 초
콜릿을 준 내 잘못이라는 걸 알기에 할 수가 없었어.

"이민후, 이제 일어나야지."

보건실 선생님이 나를 흔들어 깨웠어. 울다 지쳐
서 잠든 모양이었어.

"아, 네에."

"점심시간이니까 급식실로 가렴."

난 힘없이 고개를 끄덕이고 선생님께 인사를 하고 나왔어.

교실에 들어가자 아무도 없었어. 전부 급식실에 간 모양이었지. 난 입안이 까끌까끌해서 밥 한 톨도 먹기 힘들었어. 그냥 자리에 앉아 책상에 엎드렸지. 그때 아이들이 교실로 들어오는 소리가 들렸어.

"민후야, 괜찮아?"

이나가 내게 물었어.

"응……."

내가 힘없이 대답했는데도, 승현이는 조잘조잘 떠들었어.

"점심밥도 굶고 많이 아픈가 보네."

안 되겠다 싶어 고개를 들어 내가 너스레를 떨었어.

"살 빠지고 좋지 뭐."

오늘따라 수업이 길게 느껴졌어. 아이들은 수업이 끝나자 우르르 빠져나갔지. 나도 집에 가려는데, 칠판에 글씨가 눈에 들어왔어.

'독서록 챙겨갈 것!'

금요일이라 독서록을 챙겨야 하는데 깜빡했어. 하긴 오늘 내가 제정신이 아니긴 했지. 난 선생님 책상으로 성큼성큼 걸어갔어.

"여기 있네!"

내 독서록만 책상 위에 덩그러니 놓여 있더라고. 독서록을 가방에 넣으려고 할 때였어. 책상 위쪽 모서리에서 갑자기 빛이 났어. 저절로 눈살이 찌푸려졌지. 손등으로 눈을 가리고 모서리 쪽으로 다가갔어. 자세히 보니 빛은 책상 아래쪽에서 나는 거였더라고! 고개를 숙이자, 금색의 화살촉이 번쩍거렸어.

"우아, 이게 왜 여기 있지?"

나는 입이 떡 하고 벌어졌어. 순간, 화살촉을 줍게 되면 큐피드가 찾아올 것만 같았지. 그렇게 되면 사람이 없는 곳에 가야 한다는 건데 어디로 가야만 할지 눈앞이 캄캄했어. 나는 재빨리 머리를 굴렸어.

"그래, 거기가 좋겠다!"

나는 화살촉을 주워 화장실로 향했어. 지금은 화장실이 제일 안전하다는 생각이 들었지.

"아휴, 냄새!"

큐피드가 코를 부여잡으면서 화장실로 들어왔어.

"나 화살촉 주웠어."

내가 눈을 동그랗게 뜨자, 큐피드가 웃으며 말했어.

"그래? 오늘 행운의 날이네. 만 년에 한 번 일어날까 말까 하는 일인데."

"행운은 무슨! 하루 종일 우울했는데."

"화살촉이 널 찾아온 건데, 그게 왜 행운이 아니야. 행운이지!"

큐피드의 말에 난 고개를 갸우뚱거렸지만 듣고 보니 그럴 것도 같았어. 애타게 화살촉을 찾아다닐 때는 잘 보이지 않더니, 지금 눈에 띄는 걸 보면 의아하긴 했어.

"자, 어서 받아. 너의 사랑이 이루어지길 바랄게."

큐피드는 초콜릿을 줄 때마다 늘 똑같이 말했어.

'제발, 나도 사랑이 이루어졌으면 좋겠다고!' 이렇게 간절히 바라며 큐피드가 건네는 초콜릿 상자를 받았지. 내가 큐피드에게 화살촉을 건네자 온몸에 켜져 있던 불빛이 스르르 사라졌어. 불이 켜졌다 꺼지는 것도 익숙해졌는지 신기하지 않았어.

나는 큐피드가 가고 난 뒤 초콜릿 상자를 내려봤어.

'어차피 똥 싸면 이나는 기억도 못 할 텐데 초콜릿을 주는 게 맞을까?'

그래도 이나와 밤새도록 문자 하는 건 좋았는데, 쩝! 어차피 주말이니까 이틀 동안 고민해야겠다는 생각이 들었지.

진짜가 아니야

월요일 아침부터 화장실이 떠들썩했어. 다른 반 남자아이들이 삼삼오오 모여 얘기하느라 바쁘더라고. 무슨 얘기를 하는지 귀를 쫑긋하고 들어 보았지.

"민지, 승욱이한테 차였다며?"

"진짜? 난 민지가 승욱이를 찬 줄 알았는데."

"걔네 사귄 것도 아니야. 하루 사귀었다가 다음날 되면 헤어지고, 또 다음날 다시 사귀고. 그게 뭐냐 하루살이 사랑이지. 크크큭!"

그 말에 난 뒤통수를 세게 얻어맞은 것 같았어. 내 사랑도 하루살이 목숨과 다를 바 없었지. 그러고 보니, 초콜릿을 먹을 때만 좋아하는 건 가짜 사랑이라는 생각이 들었어.

"난 이나를 진짜 좋아하는데……."

거미줄에 걸린 파리처럼 난 옴짝달싹할 수가 없었어. 진짜 내 마음을 전하려면 초콜릿 도움 없이 이나에게 고백해야 하는데 자신이 없었거든. 그렇다고 만날 화살촉만 찾으러 다닐 수도 없었지. 설령 찾는다고 해도 초콜릿을 먹었을 때만 좋아하는 건 최악인 것 같았어.

'아, 이건 아니야!'

나는 고개를 절레절레 흔들었어.

교실에 들어가자마자 난 가방에서 초콜릿 상자를 꺼냈어. 그러고는 쓰레기통으로 곧장 걸어갔지.

초콜릿을 버리는 게 아까웠지만 눈을 질끈 감았어.

"이젠 없어도 돼!"

나는 도리질을 하며 초콜릿을 쓰레기통에 버렸어. 마음이 후련하면서도 아쉬웠어. 언제 왔는지 승현이가 내 귀에 대고 조잘거렸어.

"민후야, 뭐가 없어도 되는 거야? 응? 나한테 말해 봐. 뭔데?"

"어? 아니야."

난 잽싸게 제자리로 돌아갔어. 자리에 앉아 이나가 있는 쪽을 힐끗 쳐다봤지. 이나는 유림이와 수다를 떨며 웃고 있었어. 여전히 이나는 웃을 때가 가장 예뻤어. 나도 모르게 미소를 지었어.

마지막 시간은 미술 시간이었어. 지난 시간에 그렸던 그림에 색칠만 하면 완성이었어. 그런데 워낙 그림을 작게 그린 터라 색칠하기가 힘들었어. 나는 아주 얇은 붓으로 조심스럽게 칠하고 있었지.

"작게 그린 밑그림에 색칠하기 힘든데! 너 잘한다."

갑작스러운 이나의 칭찬에 몸 둘 바를 모르겠더라고.

"진짜 그렇게 생각해?"

내가 조심스럽게 물었어.

“응.”

이나가 고개를 끄덕였어. 칭찬을 들으니까 갑자기 없던 용기가 생겼어.

‘오늘 이나한테 고백할까?’

미술 시간 내내 그 생각뿐이었어. 어떻게 고백하지? 문자로 보낼까? 아니면 수업 끝나고 바로 얘기할까? 갈팡질팡하고 있는데 수업을 마치는 종소리가 울렸어.

이나가 집에 가 버릴까 봐 나도 모르게 말이 튀어나왔어.

“이나야, 너한테 할 말 있는데…….”

“무슨 말?”

“어, 그게 말이야. 내, 내가…….”

막상 고백하려고 하니 가슴이 두근거렸어. 입이 바짝바짝 말랐지. 침을 꼴깍 삼킨 후 말하려고 할

때였어.

"민후야, 이민
후!"

승현이가 두 팔려
나를 향해 달려오고
있었어. 그러더니 나를
세게 끌어안았어.

"오늘은 나랑 놀 거지?
만날 축구도 같이 안 하고
미워!"

"야, 나 숨 막혀. 숨 막힌다고!"

승현이는 콧소리를 내며 내게 찰싹 붙었어. 순간,
불길한 생각이 들었지.

"야, 너, 혹시 초콜릿 먹었어? 안 먹었지?"

"네가 버린 초콜릿 말하는 거야? 그거 정말 맛있

더라."

'우르르 쾅쾅!'

머릿속에서 천둥 번개가 치는 것 같았어.

"쓰레기통에 버린 초콜릿을 주워 먹었다고?"

정말이지 대단한 녀석이었어.

"왜, 먹으면 안 돼?"

승현이는 손으로 얼굴에 꽃받침을 했어.
눈꼴 시려서 도저히 볼 수가 없었지. 가까스
로 승현이를 떼어 내려고 소리를 질렀어.

"난 남자 안 좋아해. 여자 좋아한단 말이야."

그랬더니 승현이가 헤헤거리며 한다는 말이 더 가관이었어.

"왜 안 좋아해. 난 너 좋단 말이야. 우리 축구 하러 가자."

"알았어. 축구는 하겠는데 좀 떨어져서 가자."

이나가 날 불쌍한 눈으로 쳐다봤어. 멀뚱히 보고 있는 이나한테 애원의 눈빛을 보냈지.

"이나야, 나 좀 도와줘!"

이나는 스티커처럼 딱 붙어 있는 승현이와 나를 떼어 내려고 안간힘을 썼어.

"민후야, 승현이가 힘이 너무 세."

"어떡해! 흐흑!"

오늘 이나한테 고백하려고 했는데, 승현이 때문에 다 틀렸어!

"민후야, 괜찮아?"

내가 안쓰러웠는지 이나가 승현이와 내 사이를
비집고 들어왔어.

'쿵쾅쿵쾅!'

이나가 내 옆에 찰싹 붙자 나도 모르게 가슴이 두
근거렸어. 몸은 너덜너덜한데 마음은 하늘을 나는
기분이었지.

"응, 괜찮아."

이나에게 대답하면서 결심했어. 승현이가 똥을
싸는 그 순간, 이나한테 달려가 고백하겠다고 말이
야!

두려워하지 말고, 고백해 보세요.

얼마 전 버스를 탔을 때 일이었어요. 버스 안에는 초등학생 여러 명이 타고 있었지요. 온통 아이들의 떠드는 소리와 웃음소리로 가득했어요. 뭐가 저리도 신이 날까! 부러운 마음으로 아이들을 바라봤어요. 그러고는 나도 모르게 귀를 쫑긋하고 아이들의 말을 듣게 되었지요.

"너, 진짜 걔 좋아해?"

"아니야……. 아직."

그렇게 대답하는 여자아이의 얼굴이 붉어졌어요. 분명히 누군가를 좋아하는 표정이었어요. 부끄러워 고개도 들지 못하고 버스 바닥만 뚫어지게 쳐다보고 있었거든요.

"그럼 좋아한다고 고백해."

"아니야. 나 걔 아직 안 좋아해."

말은 그렇게 하면서도 머릿속은 온통 그 아이의 생각을 하고 있는 듯 보였어요. 그 모습을 보니 나도 모르게 웃음이 나왔어요. 누군가를 좋아하는 일은 숨긴다고 해도 숨길 수 있는 게 아니잖아요. 여자아이에게 좋아하는 사람에게 고백할 수 있는 용기를 주고 싶었어요.

　　민후도 용기가 없어 큐피드가 준 초콜릿을 이나에게 주었어요. 하지만 사랑은 바람처럼 휙 지나가 버렸어요. 바람이 일고 난 뒤에는 더 마음이 쓰라리고 괴로웠지요. 마음에 상처가 생긴 뒤에야 민후는 깨달았어요. 진정한 사랑은 상대방에게 자신의 마음을 표현해야 한다는 것을요!

　　만약 좋아하는 사람이 있다면 부끄러워 말고, 두려워하지 말고, 고백해 보세요. 그러면 따뜻한 봄날을 맞이할 거예요.

동화작가 김시아

좋아하는 친구가 생겼나요?
여러분의 마음을 편지에
담아 고백해 보세요.
사랑의 신 큐피드가
여러분의 진심을
전달해 줄 거예요!

To.

from.